旧的诗，老的画

СТАРЫЕ СТИХИ，ВЕТХИЕ КАРТИНЫ

不，这不是我

／阿赫玛托娃诗选

[俄] 安娜·阿赫玛托娃 著　　高莽 译

НЕТ，ЭТО НЕ Я

ИЗБРАННЫЕ СТИХИ А.АХМАТОВА

长江出版传媒
Changjiang Publishing & Media
崇文书局
Chongwen Publishing House

康斯坦丁·莫洛佐夫（水彩写生手稿）

白夜（代前言）
——献给安娜·阿赫玛托娃

俄罗斯可有比她
更不幸的妻子
　　更可怜的母亲
　　　　更多难的缪斯
她背负着沉重的十字
跋涉于
　　凄风苦雨的人世
　　　　寒风打僵了她的心
　　　　　　烈火烧尽了她的诗
她变成了影子
影子也得消逝
　　可是谁能想到
　　　　上帝也会把人欺骗
让她像凤凰涅槃
让她重又来到涅瓦河畔
　　让她在科马罗沃墓地
重又聆听大自然的语言
还有无家可归的人们
　　用战栗的声音
　　　　呼唤她的名字
　　　　　　吟诵她的诗篇

——高莽

《家园》卡里莫夫（木刻套色）

目　录

安魂曲（1935—1940）

野蔷薇开花了

子夜诗抄

子夜诗抄

安魂曲（1935—1940）

不，我不躲在异国的天空下，
也不求他人翅膀的保护——
那时我和我的人民共命运，
和我的不幸的人民在一处。

——1916

《安魂曲》最初为抒情组诗，后来改为长诗。

献词
1940

面对这般悲痛，高山也得低头，
大河也得断流，
但是，狱门锁得牢而又牢。
“犯人的窝”就在铁门后，
那里还有要人命的忧愁。
夕阳为某些人映辉，
清风为某些人吹拂——
我们不知道，我们在哪儿都无所谓，
我们只听到厌恶的钥匙声碎，
还有士兵们沉重的脚步，
我们晨起像是去做祈祷，
穿过野蛮化了的故都街巷，
到了那儿，见上一面，如同见过死人一样，
太阳下沉，涅瓦河上烟雾缭绕，
而希望，仍然在远方歌唱。
一声判决……泪水顿时盈眶，
从此便和众人天各一方，
仿佛从心里狠狠地夺走了生命，
仿佛被人无情地打翻在地上，
可是她移动着脚步……一个人……摇摇晃晃。
在我发疯的两个年头的岁月里，
那些丧失自由的姐妹们去了何地？
她们会有什么幻想，冒着西伯利亚风雪，
圆圆的明月下，她们又能望见什么奇迹？
现在，让我把告别的问候，给她们寄去。

献词

1940

面对这般悲痛，高山也得低头，

大河也得断流，

但是，狱门锁得牢而又牢。

"犯人的窝"就在铁门后，

那里还有要人命的忧愁。

夕阳为某些人映辉，

清风为某些人吹拂——

我们不知道，我们在哪儿都无所谓，

我们只听到厌恶的钥匙声碎，

还有士兵们沉重的脚步，

我们晨起像是去做祈祷，

穿过野蛮化了的故都街巷，

到了那儿，见上一面，如同见过死人一样，

太阳下沉，涅瓦河上烟雾缭绕，

而希望，仍然在远方歌唱。

一声判决……泪水顿时盈眶，

从此便和众人天各一方，

仿佛从心里狠狠地夺走了生命，

仿佛被人无情地打翻在地上，

可是她移动着脚步……一个人……摇摇晃晃。

在我发疯的两个年头的岁月里，

那些丧失自由的姐妹们去了何地？

她们会有什么幻想，冒着西伯利亚风雪，

圆圆的明月下，她们又能望见什么奇迹？

现在，让我把告别的问候，给她们寄去。

《山花》 瓦涅耶夫 （麻胶版套色）

《白色山菊花》 米洛申钦科 （麻胶版套色）

前奏
1829

这事发生在只有死人微笑的时候，
他为安宁而感到欣喜。
列宁格勒像个多余的累赘，
在自己的监狱前晃来晃去。
被判处有罪的人行进在一起，
他们已被折磨得丧失智力，
一声声火车的汽笛，
在唱着别离的短曲。
死亡之星在我们头上高悬，
无辜的俄罗斯全身痉挛——
她被踩在血淋淋的皮靴下，
如在黑色马露霞的车轮下辗转。▼

▼马露霞，民间给逮捕犯人的黑色轿车起的别名。

《蒲公英》 特罗申娜（麻胶版套色）

拂晓时他们把你带走
1935

拂晓时他们把你带走，
我送殡似的跟在你身后，
孩子们躲在小屋里哭泣，
蜡烛在神龛前溶流。
你嘴唇上还留有小圣像的冷气，
额角上渗出冰凉的汗滴……这岂能忘掉！
我要像古代射击手的妻子们那样，▼
在克里姆林宫的塔楼下哭号。

拂晓时他们把你带走

1935

拂晓时他们把你带走，
我送殡似的跟在你身后，
孩子们躲在小屋里哭泣，
蜡烛在神龛前溶流。
你嘴唇上还留有小圣像的冷气，
额角上渗出冰凉的汗滴……这岂能忘掉！
我要像古代射击手的妻子们那样，▼
在克里姆林宫的塔楼下哭号。

▼ 俄皇伊凡四世于 1550 年所建立的特殊军队。1698 年，射击军部队发生数起暴乱，彼得一世把他们处死于红场，他们的妻子在刑场上号啕大哭。

《黄色蝴蝶兰》 特罗申娜 （麻胶版套色）

静静的顿河静静地流
1938

静静的顿河静静地流，
黄色的月亮跨进门楼。

月亮歪戴着帽子一顶，
走进屋来看见一个人影。
这是个女人，身患疾病，
这是个女人，孤苦伶仃。

丈夫在坟里，儿子坐监牢，
请你们都为我祈祷。

《雏菊》 邦斯克 （木刻）

不，这不是我
1939

不，这不是我，是另外一人在悲哀。
我做不到这样，至于已经发生的事，
请用黑布把它覆盖，
再有，把灯盏拿开……
夜已到来。

不，这不是我

1939

不，这不是我，是另外一人在悲哀。
我做不到这样，至于已经发生的事，
请用黑布把它覆盖，
再有，把灯盏拿开……
夜已到来。

《黄色蝴蝶兰》 特罗申娜（麻胶版套色）

我呼喊了十七个月

1939

我呼喊了十七个月，
召唤你回家，
我曾给刽子手下过跪，
我的儿子，我的冤家。
一切永远都乱了套，
我再也分不清
谁是野兽，谁是人，
判处死刑的日子还得
等候多久才能来临。
只有手提的香炉的声音，
还有不知去向的脚印，
和盛开的花。
一颗偌大的星星，
直盯着我的眼睛，
以近日的死亡相恐吓。

《罂粟》 特罗申娜（石版）

《秋天的果实》 特罗申娜 （麻胶版套色）

淡淡的日子
1939

一周又一周轻轻地飞逝，
我无从理解，发生了什么事，
白夜望着你，
你怎样了啊，我的儿子，在牢房，
他们还用山鹰般
火辣辣的眼睛观望，
他们在议论你那高耸的十字架，
还有……死亡。

《桌子上的玫瑰》米洛申钦科（麻胶版套色）

判决
1939

一句话像石头落地，
压住我尚在呼吸的胸脯。
没关系，我早已有所准备，
对此事——我也能够应付。
今天，我有许多事情要做，
必须把记忆彻底泯没，
必须让心灵变成顽石，
必须重新学会生活。
否则……盛夏的绿荫如同过节，
在我窗外热情地低声喧哗。
我早已预见到了这一天：
明朗的日子和空荡的家。

判决

1939

一句话像石头落地，
压住我尚在呼吸的胸脯。
没关系，我早已有所准备，
对此事——我也能够应付。

今天，我有许多事情要做，
必须把记忆彻底湮没，
必须让心灵变成顽石，
必须重新学会生活。

否则……盛夏的绿荫如同过节，
在我窗外热情地低声喧哗。
我早已预见到了这一天：
明朗的日子和空荡的家。

《青花》威廉诺夫（麻胶版套色）

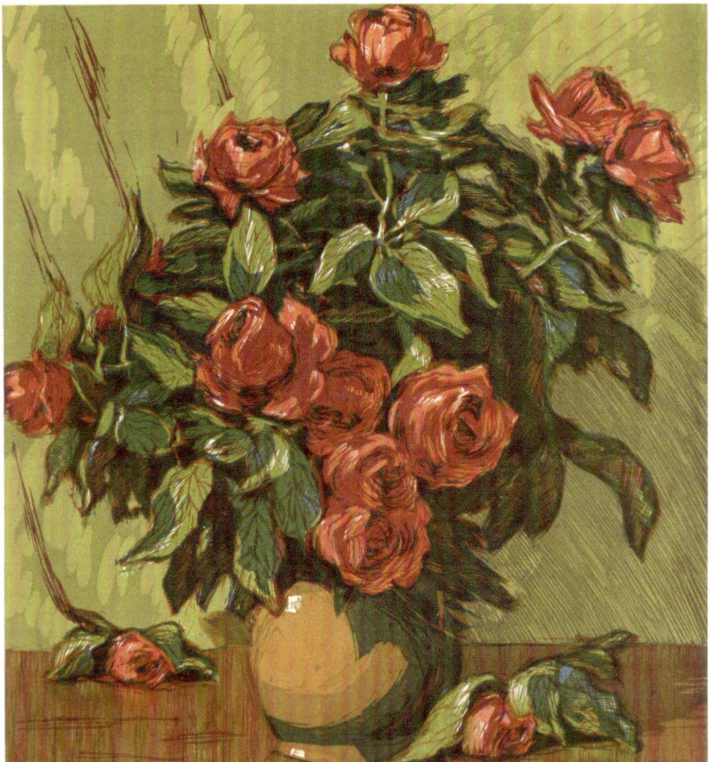

《日本温桲》米洛申钦科（麻胶版套色）

致死神

1939

反正你要来——为什么不现在？
我在等你——痛苦难挨。
我熄了灯，给你开了门，
你那么质朴，又那么古怪。
要完成此事，办法任你选择，
可以像颗毒弹射进屋来，
或者像个惯匪提着铁锤潜入，
或者用伤寒病菌把我陷害。
用你编造的、人人听厌的
童话也行，——但，我要看见
淡蓝色的帽顶和居委会主任，▼
如何脸色吓得苍白。
现在，我怀胸坦荡。
叶尼塞河波涛滚滚，
北极星光泽皑皑。
心爱人的蓝色目光
将临终的恐怖遮盖。

▼“淡蓝色的帽顶”，指苏联公安人员制帽的颜色。

《青花》 威廉诺夫（麻胶版套色）

疯狂张开了翅膀
1940

疯狂张开了翅膀，
遮盖了半个灵魂，
它倾注火辣的酒浆，
往黑色的峡谷招引。

我明白了，我应当
把胜利让给它。
我谛听自己的声音，
如同听别人的梦话。

它不允许我随身
把任何物品带走，
（不管我怎样向他央告，
还是向他苦苦地乞求）

无论是儿子那双可怕的眼睛——
悲痛使它变得像石头一般沉默，
无论是雷雨袭击的日子，
无论是牢房探监的时刻，

无论是手臂温柔的凉爽，
无论是菩提树不安的阴影，
无论是远方微弱的声音——
那最后的安慰的寄情。

疯狂张开了翅膀

1940

疯狂张开了翅膀，
遮盖了半个灵魂，
它倾注火辣的酒浆，
往黑色的峡谷招引。

我明白了，我应当
把胜利让给它。
我谛听自己的声音，
如同听别人的梦话。

它不允许我随身
把任何物品带走，
（不管我怎样向他央告，
还是向他苦苦地乞求）

无论是儿子那双可怕的眼睛——
悲痛使它变得像石头一般沉默，
无论是雷雨袭击的日子，
无论是牢房探监的时刻，

无论是手臂温柔的凉爽，
无论是菩提树不安的阴影，
无论是远方微弱的声音——
那最后的安慰的寄情。

《菊花》 古谢娃（麻胶版套色）

钉死在十字架上
1940

圣母，别为棺中的我号啕痛哭。

一

天使们齐声颂扬伟大的时刻，
烈火布满了万里长空。
它对圣父说："为什么把我撇下！"
我对圣母说："啊，不要为我痛哭……"

二

马格达丽娜在颤抖在哭泣，
得意的门生变成石人一具，
可是没人敢把视线转向
圣母默默伫立的地方。

《两只黄鹂鸟》 特罗申娜 （麻胶版套色）

《雪松枝》巴拉诺夫（麻胶版套色）

尾声

1940

一

我明白了，一张张脸是怎样在消瘦，
恐惧是怎样从眼睑下窥视，
苦难是怎样在脸颊上刻出
一篇篇无情的楔形文字。
我明白了，灰头发，黑头发
是怎样突然间变得银白，
老实人的嘴角上微笑怎么枯萎，
胆怯怎样在苦笑中战栗起来。
我不是为自己祈祷，而是为
和我一起排过队的所有人家——
大家冒着刺骨的寒冷，熬着七月酷暑，
伫立在阴森森的大墙下。

二

祭奠的日子又临近，
我看见了，听见了，感觉到了你们：

她，半死不活地被拖向窗口，
还有她，已不能在故乡的土地上行走，

还有她，把美丽的头颅摆了一下，
说了一句："我来这里，如同回家！"

我真想提到每一个人的姓名，
可惜名单被抢走，我已无处去打听。

尾声

1940

一

我明白了，一张张脸是怎样在消瘦，
恐惧是怎样从眼睑下窥视，
苦难是怎样在脸颊上刻出
一篇篇无情的楔形文字。
我明白了，灰头发、黑头发
是怎样突然间变得银白，
老实人的嘴角上微笑怎么枯萎，
胆怯怎样在苦笑中战栗起来。
我不是为自己祈祷，而是为
和我一起排过队的所有人家——
大家冒着刺骨的寒冷，熬着七月酷暑，
伫立在阴森森的大墙下。

二

祭奠的日子又临近，
我看见了，听见了，感觉到了你们：

她，半死不活地被拖向窗口，
还有她，已不能在故乡的土地上行走，

还有她，把美丽的头颅摆了一下，
说了一句："我来这里，如同回家！"

我真想提到每一个人的姓名，
可惜名单被抢走，我已无处去打听。

我用我从她们那儿偷听到的可怜的哭诉，
为她们编织了一面宽大的遮布。

我无时无刻无处不把她们回忆，
新灾新难临头时，我也不会把她们忘记。

千万人用我苦难的嘴在呐喊狂呼，
如果我的嘴一旦被人堵住，

希望到了埋葬我的前一天，
她们也能把我这个人怀念。

倘若有朝一日，在这个国家里
有人想为我把纪念碑树立，

我对这隆重的盛举表示同意，
但，有一个条件不要忘记——

不要建在我诞生的大海之边：
我跟大海已经绝缘，

也不要建立在皇村公园中心爱的树桩旁，
伤心已极的影子在那儿正把我寻访，

而要建立在这里：在我伫立了三百个钟点的地方，
当时门闩紧锁，不肯为我开放。

再有，在安宁的死亡时我怕忘记
黑色马露霞的轮旋声急，

忘记那可恨的牢门怎样砰的一声关闭，
一个老妇像受伤的野兽在号泣。

让融化的积雪像滚滚的泪珠
从那不眨动的青铜眼皮下流出。

让狱中的鸽子在远方啼鸣，
让轮船在涅瓦河上悠悠航行。

野蔷薇开花了
1959

And thou art distant
in humanity.
——Keats▼

这股刚劲干燥的风，
代替了节日的祝贺，
它给你送来的只是
余烬未熄，烟云飘飞，
还有我手写的诗作。

（选自《焚尽的笔记本》）

组诗《野蔷薇开花了》记述的是阿赫玛托娃和英国学者、苏联文学专家伊赛亚·伯尔林（1909—1997）的一段交往。1945年11月16日阿赫玛托娃和伯尔林初次会晤，十年以后，1956年，伯尔林再次访问莫斯科，阿赫玛托娃谢绝了和他见面。

▼ 济慈（1795—1821），英国浪漫主义诗人。此处引的诗句原是英文“你远离人类”。

《罂粟花》 特罗申娜 （麻胶版套色）

焚尽的笔记本
1961

你那位安然无恙的姊妹的书
摆在书架上，显得多美，
你头顶上是星团的碎片，
你脚底下是篝火的余灰。
你苦苦哀求按自己的意愿生存，
辣眼的火焰使你心碎！
你的身躯突然战栗，
你诅咒我的声音悄然远飞。
松树顿时全都飒飒作响，
一切经过都映入月下深水。
最最神圣的春天跳起了轮舞
在棺廓入土之前，在篝火周围。

清醒的时刻

1946

让时间滚开，让空间滚开，
我透过白夜看清楚了万物：
你桌上水晶瓶中的水仙花，
雪茄冒起的蓝色的烟柱，
还有那面镜子，如同一眼清泉，
现在可以把你的影子映出。
让时间滚开，让空间滚开……
就连你也无法把我救助。

清醒的时刻

1946

让时间滚开，让空间滚开，

我透过白夜看清楚了万物：

你桌上水晶瓶中的水仙花，

雪茄冒起的蓝色的烟柱，

还有那面镜子，如同一眼清泉，

现在可以把你的影子映出。

让时间滚开，让空间滚开……

就连你也无法把我救助。

《黑色花楸果》特罗申娜（麻胶版套色）

《向日葵》 特罗申娜 （麻胶版套色）

梦中
1946

我和你一样承担着
黑色的永世别离。
哭泣有何益？还是把手伸给我，
答应我，你还会来到梦里。
我和你，如同山峦和山峦……
在人世间不会再团聚。
但愿子夜时分，你能够穿过星群
把问候向我传递。

《瓶子里的向日葵》 特罗申娜 （麻胶版套色）

梦中

1946

我和你一样承担着
黑色的永世别离。
哭泣有何益？还是把手伸给我，
答应我，你还会来到梦里。
我和你，如同山峦和山峦……
在人世间不会再团聚。
但愿子夜时分，你能够穿过星群
把问候向我传递。

《瓶子里的向日葵》 特罗申娜（麻胶版套色）

《绽放的秋菊》特罗申娜（麻胶版套色）

我窥见了狡黠的月亮
1946

我窥见了狡黠的月亮
隐藏在大门的后边。
我用死后的荣耀，
交换那个夜晚。

如今人们已把我忘记，
柜架上的书籍也会腐烂。
没有人会把街名或诗句
称为阿赫玛托娃的。

我窥见了狡黠的月亮

1946

我窥见了狡黠的月亮
隐藏在大门的后边。
我用死后的荣耀，
交换那个夜晚。

如今人们已把我忘记，
柜架上的书籍也会腐烂。
没有人会把街名或诗句
称为阿赫玛托娃的。

我以高昂的代价
1946

我以高昂的代价，
没有想到的代价
得知你还记得我，
还在等我。
也许你还能找到那个地方——
我那无名无姓的坟墓。

《叶落果熟》 特罗申娜（麻胶版套色）

第一支短歌
1956

庆祝神秘的不遇，
显得多么空洞孤单，
没有声的字，
没有发的言。
没有交流的目光，
不知去向的视线。
只有泪珠儿欢畅，
可以不住地流淌。
莫斯科郊外的野蔷薇呀，
不知为什么……咳！
将来人们会把这一切
都说成是不朽的爱。

第一支短歌

1956

庆祝神秘的不遇，

显得多么空洞孤单，

没有声的字，

没有发的言。

没有交流的目光，

不知去向的视线。

只有泪珠儿欢畅，

可以不住地流淌。

莫斯科郊外的野蔷薇呀，

不知为什么……唉！

将来人们会把这一切

都说成是不朽的爱。

《百合花》 米洛申钦科（麻胶版套色）

《盆景》 邦斯克 （木刻版画）

另一支短歌
1957

没有发的言
我不再重复，
种下一棵野蔷薇
纪念没有实现的会晤。

我们的会晤多么奇妙，
它在那儿闪光、唱歌，
我不想从那儿回来，
回到不知去向的场所。
欢乐对我是多么苦涩，
幸福代替了职责，
我和不该交谈的人
长时间地啰唆。
让恋人们祈求对方的回答，
经受激情的折磨，
而我们，亲爱的，只不过是
世界边缘上的灵魂两颗。

《盆景》 邦斯克 （木刻）

另一支短歌

1957

没有发的言

我不再重复，

种下一棵野蔷薇

纪念没有实现的会晤。

我们的会晤多么奇妙，

它在那儿闪光，唱歌，

我不想从那儿回来，

回到不知去向的场所。

欢乐对我是多么苦涩，

幸福代替了职责，

我和不该交谈的人

长时间地啰唆。

让恋人们祈求对方的回答，

经受激情的折磨，

而我们，亲爱的，只不过是

世界边缘上的灵魂两颗。

《盆景》 邦斯克（木刻）

梦
1956

梦见天外的事，是否甜蜜？

——亚·勃洛克

▼恰空舞曲，源自西班牙的一种古代舞曲，又译作"夏空舞曲"。

这个梦，有没有预感……
火星在群星中习习闪耀，
变得殷红、光亮、凶惨——
就在那天夜里，我梦见你来到。

它无处不在……在巴赫的恰空舞曲里，▼
枉自开放的玫瑰花丛，
在耕后的黑色土地上，
在飘来的农村的钟声中。

也在秋天里，这秋天已经来临，
可是它又改变了主意，突然藏起，
啊，我的八月呀，在这周年的时候，
你岂能给我带来如此可怕的消息！

这无价的馈赠，让我用什么来报偿？
到何处去，与何人共庆此举？
于是，我和往日一样，在焚尽的笔记本上
不加涂改地书写我的诗句。

这个梦，有没有预感……
火星在群星中习习闪耀，
变得殷红，光亮，凶惨——
就在那天夜里，我梦见你来到。

它无处不在……在巴赫的恰空舞曲里，▼
枉自开放的玫瑰花丛，
在耕后的黑色土地上，
在飘来的农村的钟声中。

也在秋天里，这秋天已经来临，
可是它又改变了主意，突然藏起。
啊，我的八月呀，在这周年的时候，
你岂能给我带来如此可怕的消息！

这无价的馈赠，让我用什么来报偿？
到何处去，与何人共庆此举？
于是，我和往日一样，在焚尽的笔记本上
不加涂改地书写我的诗句。

《红百合》 瓦涅耶夫（麻胶版套色）

《红果》 米洛申钦科（麻胶版套色）

当年
1956

当年，顿斯科依率领大军▼
沿着那条大路行进，浩浩荡荡，
那儿的风，还记得敌人的嘴脸，
那儿的月亮翘着犄角，脸色淡黄——
如今，我走在那里，如在海底徜徉……
野蔷薇像是会说话，
散发着如此的芳香，
我已经做好准备，
迎接自己命运中的九级风浪。

▼德·顿斯科依（1350–1389），俄罗斯民族英雄，曾挫败鞑靼人的侵犯。

你臆造了我
1956

你臆造了我。世上没有这样的人，
这样的人也不可能在世上出现。
医生治不好，诗人解不了难——
幻影使你日夜不安。
我和你在不寻常的年月相会，▼
那时，世界的力量消耗殆尽，
一切都在服丧，苦难把万物压弯，
能够见到的，只有一座座新坟。
沉沉的夜，好像周遭围起的一堵墙，
涅瓦壁垒没有灯火，黑暗如漆……
就在那个时候，我呼唤你……
我在干什么——自己也不明其意。
像是星星引路，你来到我跟前，
踏着悲惨的秋天的印痕，
走向那永远空荡了的房间，
那里吹飞了我那些被处决的诗篇。

▼指 1945 年 12 月，即第二次世界大战之后。

《菊花》 丘尔金 （麻胶版套色）

《米黄色的野花》 米洛申钦科 （麻胶版套色）

在破碎的镜子里

1956

那天傍晚，星斗满天，
我聆听绝情的话，
顿时，我头晕目眩，
如同燃烧的深渊就在脚下。
死亡守在门口呼号，
阴暗的花园像黑鸟在啼叫，
城市，疲惫得垂死，
它简直就是古代特洛伊城堡。
那一瞬间，光焰夺目，
尖叫声催人泪飞如雨。
你赠给我的不是你从远方
带来的东西。
在那热情沸腾的傍晚，
你认为它是个无谓的游戏。
他对命运来说是世界的荣誉，
是威严的挑战。
是我一切不幸的先驱——
我们再也不要把它回忆……
没有实现的会晤，
还躲在墙角哭泣。

《秋色》斯瓦波多娃（石版）

在破碎的镜子里

1956

那天傍晚，星斗满天，
我聆听绝情的话，
顿时，我头晕目眩，
如同燃烧的深渊就在脚下。
死亡守在门口呼号，
阴暗的花园像黑鸟在啼叫，
城市，疲惫得垂死，
它简直就是古代特洛伊城堡。
那一瞬间，光焰夺目，
尖叫声催人泪飞如雨。
你赠给我的不是你从远方
带来的东西。
在那热情沸腾的傍晚，
你认为它是个无谓的游戏。
他对命运来说是世界的荣誉，
是威严的挑战。
是我一切不幸的先驱——
我们再也不要把它回忆……
没有实现的会晤，
还躲在墙角哭泣。

让某些人还在南方休养吧
1956

你又和我在一起了，女友秋天！

——英·安年斯基▼

▼英·安年斯基 (1855—1909)，俄国诗人。

◆1955 年苏联文学基金会分配给阿赫玛托娃一个小别墅，在列宁格勒郊区。

⬟苏欧米，代指“小别墅”。

让某些人还在南方休养吧，
在天堂般的公园里尽情享受。
这儿已完全是北方的季节——

今年，我选中秋天作为女友。
我仿佛是住在梦中陌生的人家，
也许，我已在那里死亡，
苏欧米似乎偷偷地在
向自己空洞的镜子窥望。
我穿行在暗影重重的矮小枞树中间，
那儿的扫帚梅像风儿一般吵闹，
淡淡的月牙儿闪着清光，
像一把磨损了的芬兰刀。
我与你在这儿最后一次不遇，
如今我把神圣的怀念带来了——
在这儿燃起我那战胜命运时的
无情的、纯洁的、轻盈的火炬。

让某些人还在南方休养吧，
在天堂般的公园里尽情享受。
这儿已完全是北方的季节——

今年，我选中秋天作为文友。
我仿佛是住在梦中陌生的人家，
也许，我已在那里死亡，
苏欧米似乎偷偷地在
向自己空洞的镜子窥望。
我穿行在暗影重重的矮小枞树中间，
那儿的扫帚梅像风儿一般吵闹，
淡淡的月牙儿闪着清光，
像一把磨损了的芬兰刀。
我与你在这儿最后一次不遇，
如今我把神圣的怀念带来了——
在这儿燃起我那战胜命运时的
无情的、纯洁的、轻盈的火炬。

《绣毯上的玫瑰花》 T.B 别依科 （麻胶版套色）

《夏日》 米洛申钦科（麻胶版套色）

你多余把雄伟、荣耀、权利……

1958

我看到，我的天鹅在寻开心。

——普希金

你多余把雄伟、荣耀、权利
抛到我的脚前。
你本人也知道，用这些话无法将
歌唱的光明激情改变。

难到用这种手段能够驱散屈辱？
或者用黄金可以治疗愁寂？
我也许在表面上表示降服。
可不会把枪口对准头颅。

无论是驱逐或是召唤，
死神已经在门前伫立。
她身后是阴暗的道路
我流着鲜血沿途爬去。

她已经积累了几十年的孤单，
恐怖和空寂，
我可以把它唱出来，
只怕你痛哭流涕。

别了。我不是生活在旷野里。
黑夜和永恒的俄罗斯和我在一起。
把我从傲慢自大中拯救出来吧，
其他的事让我自己处理。

你别怕
1962

女王，我违背意志离开了你的海岸。

——《埃涅阿斯纪》第六歌▼

罗密欧不在，埃涅阿斯当然在场。

——安娜·阿赫玛托娃

▼《埃涅阿斯纪》，罗马黄金时代主要诗人维吉尔（公元前70—前19）创作的史诗，全诗由三十首长歌组成。它描写埃涅阿斯在特洛伊陷落后，背井离乡，出逃远航，流落到北非古城迦太基。迦太基女王狄多盛情款待他，二人相爱，结为夫妻。但是，天命决定埃涅阿斯必须遗弃狄多，乘船返回意大利去修建罗马。狄多万分悲愤，自焚而死。

◆“用篝火把自己摆脱”，暗指1946年联共（布）关于《星》与《列宁格勒》两杂志的决议。决议对阿赫玛托娃进行毁灭性的抨击。

你别怕——我现在还可以
把我们描绘得近似。
你是幽灵——还是路人，
不知为什么我保留着你的影子。

你曾经一度是我的埃涅阿斯——
那时我用篝火把自己摆脱，◆
我们都善于不谈彼此的一切。
你已经忘却了我那可恶的住所。

你忘记了在恐怖与苦难中
隔着火伸出来的手臂，
忘记了那带来希望的坏消息。

你不知道，你的什么过错得到他人的谅解……
罗马建成了，军舰列队起航，
谄媚把胜利颂扬。

你别怕——我现在还可以
把我们描绘得近似。
你是幽灵——还是路人，
不知为什么我保留着你的影子。

你曾经一度是我的埃涅阿斯——
那时我用篝火把自己摆脱，
我们都善于不谈彼此的一切。
你已经忘却了我那可恶的住所。

你忘记了在恐怖与苦难中
隔着火伸出来的手臂，
忘记了那带来希望的坏消息。

你不知道，你的什么过错得到他人的谅解……
罗马建成了，军舰列队起航，
谄媚把胜利颂扬。

《小鹿与葵花》 特罗申娜（麻胶版套色）

多年以后
1962

最后的话

Men che dramma

Di sangue m’e rimaso，che non tremi▼

——Pura. X X X

你直截了当地向我索要诗篇……
没有诗，你也可以生活下去。
但愿血液中不要留下哪怕是一小串
没有渗透痛苦的诗句。

我们把幻想生活中的
黄金般的豪华岁月烧毁，
夜间的灯光并没有向我们
悄悄提示将在天国里相会。

我们这儿富丽堂皇，
流出一股波澜，冷冰冰，
我们吓了一跳，仿佛在神秘的墓穴中
看见了什么人的姓名。

比这更加无望的离别难以想象，
还不如当时就遭到枪的一击……
大概，世界上没有哪一个人
忍受过比我们更久的分离。

▼ 此句是意大利文，引自但丁的《炼狱》："我的血剩下的比德拉克马（希腊本位币名——译注）还少，不能不战栗。"

《菊花与麦穗 》古谢娃 （麻胶版套色）

《清凉秋色》 威尔金斯卡娅 （麻胶版套色）

这一天对人们来说
1964

这一天对人们来说
如同维斯巴兴时代，▼
其实——这仅仅是伤疤
和它上面的一团悲衷。

▼ 维斯巴兴 (9—79)，罗马皇帝，他统治罗马帝国时摧毁了耶路撒冷城。

子夜抄诗

诗七首

只有镜子能梦见镜子，
只有寂静能维护寂静……

——引自《硬币的背面》

《车前菊》 咖丽娜·伊万诺娃 （石版）

代献词

1963

在波浪上漫游，在森林中躲藏，
在洁净的珐琅上忽隐忽现，
看来，我还能够背负离别之苦，
可是忍受不了与你的会见。

《采撷》 丘尔金 （麻胶版套色）

迎春哀曲

1963

……tol qui m'as consolee.

——Gerard de Nerval▼

风雪没有饮酒却醉了，
在松林里不再发狂，
寂静像是奥菲丽娅◆
通宵达旦为我们歌唱。
我仿佛看见一个人影，
他和寂静化为一体，
他先是告辞，后又慨然留下，
和我同在，至死不移。

迎春哀曲

1963

……toi qui m'as consolee.

——Gerard de Nerval▼

风雪没有饮酒却醉了，

在松林里不再发狂，

寂静像是奥菲丽娅◆

通宵达旦为我们歌唱。

我仿佛看见一个人影，

他和寂静化为一体，

他先是告辞，后又慨然留下，

和我同在，至死不移。

▼“……是你，曾经安慰过我的人。”——热拉·德·奈瓦尔。奈瓦尔 (1808-1855)，法国文学中最早的象征派和超现实主义诗人之一。这里引用的诗句，原为法文。

◆奥菲丽娅，莎士比亚剧本《哈姆莱特》中的女主角。

《桌子上的野菊花》 特罗申娜 （麻胶版套色）

▼阿赫玛托娃的名字叫“安娜”。安娜这个名字在古犹太文中是“幸福美满”的意思。

初次警告
1963

一切都会化为灰烬，
这与我们有何相干，
我曾生活在多少面镜子里，
我曾歌唱在多少深渊之畔。
我虽然不是梦，不是欢乐，
更不是什么幸福美满，▼
但你却不得不比平时
更经常地把过去怀念——
那逐渐消逝的轰动一时的诗句，
那恼人的寂静中的一双慧眼，
眸子中深藏着一只
褐色的带刺的小小花冠。

初次警告

1963

一切都会化为灰烬，
这与我们有何相干，
我曾生活在多少面镜子里，
我曾歌唱在多少深渊之畔。
我虽然不是梦，不是欢乐，
更不是什么幸福美满，
但你却不得不比平时
更经常地把过去怀念——
那逐渐消逝的轰动一时的诗句，
那恼人的寂静中的一双慧眼，
眸子中深藏着一只
褐色的带刺的小小花冠。

《花木秋果》 米舒洛夫 （麻胶版套色）

《百合》 邦斯克 （木刻）

▼“啊，女神啊，你统治着幸福的岛屿塞浦路斯与孟菲斯……”
——贺拉斯（公元前65—前8），罗马杰出诗人。这里引用的诗句，原为拉丁文。

◆按阿赫玛托娃与他人谈话解释，这里的“美人儿”指的是爱情或爱神。

镜子的背面
1963

O quae beatam，Diva，tenes
Cyprum et Memphin.

——HOr.▼

这美人儿多么年轻，◆
不过，她不属于我们这个世纪，
她，这个第三者，总是跟随着我们，
不让我们两人待一起。
我慷慨地把花儿分给她，
你把软椅给她推了过去……
我们不晓得自己在做什么，
可是每时每刻恐怖都在加剧。
我们彼此了解到一些可怕的事，
我们像是刚刚走出监狱。
我们是在地狱之中啊，
也许这不是我们自己。

镜子的背面

1963

O quae beatam, Diva, tenes
Cyprum et Memphin.

——Hor.▼

这美人儿多么年轻，◆
不过，她不属于我们这个世纪，
她，这个第三者，总是跟随着我们，
不让我们两人待一起。
我慷慨地把花儿分给她，
你把软椅给她推了过去……
我们不晓得自己在做什么，
可是每时每刻恐怖都在加剧。
我们彼此了解到一些可怕的事，
我们像是刚刚走出监狱。
我们是在地狱之中啊，
也许这不是我们自己。

《一束红玫瑰》 米洛申钦科 （麻胶版套色）

《乡间的蝴蝶花》 特罗申娜 （麻胶版套色）

十三行
1963

你终于开了口，
不像那些人……一条腿跪着——
你，像是从桎梏中挣脱，
泪水禁不住涌上眼窝，
透过泪眼看到了桦树荫下神圣的角落。
寂静在你的周围唱起了歌，
明朗的太阳把暗处照彻，
世界在这一瞬间改变了面貌，
酒也出奇地变得不涩。
甚至我，
可能是上帝语言的扼杀者，
也不免虔诚地闭住了嘴，
以便延长美好的生活。

《餐星饮月》 特罗申娜 （麻胶版套色）

召唤
1963

Arioso dolente

——贝多芬，第 110 作品 ▼

我把你精心地藏进
一只奏鸣曲中间。
啊！你在惊慌地召唤
过错已无法改变，
只因为你接近了我，
虽然仅仅一瞬间……
死亡——只是为了宁静，
隐遁——才是你的夙愿。

召唤

1963

Arioso dolente

——贝多芬，第 110 作品▼

我把你精心地藏进
一只奏鸣曲中间。
啊！你在惊慌地召唤
过错已无法改变，
只因为你接近了我，
虽然仅仅一瞬间……
死亡——只是为了宁静，
隐遁——才是你的夙愿。

▼ Arioso dolente，指贝多芬的《温柔的咏叹调》，第 110 作品。

《杯里的蓝花与麦穗》　特罗申娜　（麻胶版套色）

据俄罗斯研究者们认为这是阿赫玛托娃写给第二任丈夫普宁的诗。

▼ 维瓦尔第(约1678—1741)，意大利作曲家和小提琴家，小提琴协奏曲体裁的创始人。

◆ “冰天雪地”，指普宁被流放到北极，最后他死在那里。

夜访

1963

都走了，谁也没有回来。
你不会在落叶飘飘的柏油路上长久等候，
你和我在维瓦尔第的柔板曲中重将聚首。▼
那时蜡烛又将闪射出昏黄的光亮，梦境悠悠，
弓弦不会问你为何深更半夜走进我的小楼。
半个小时在死一般无言的呻吟中渡了过去，
你在我的手心里又会看到那些斑斑奇迹。
那时惊恐便贴在你的身上，掌握着你，
跨出我的门槛把你带进冰天雪地。◆

夜访

1963

都走了，谁也没有回来。
你不会在落叶飘飘的柏油路上长久等候，
你和我在维瓦尔第的柔板曲中重将聚首。
那时蜡烛又将闪射出昏黄的光亮，梦境悠悠，
弓弦不会问你为何深更半夜走进我的小楼。
半个小时在死一般无言的呻吟中渡了过去，
你在我的手心里又会看到那些斑斑奇迹。
那时惊恐便贴在你的身上，掌握着你，
跨出我的门槛把你带进冰天雪地。

《山毛榉》 日特科夫 （麻胶版套色）

《秋色》Ю.Я.斯捷潘诺夫（麻胶版套色）

最后的一首
1963

它像海天上的星辰高悬在我们的头上，
用光芒搜寻置敌人于死地的九级巨浪，
那时，你说它是灾难，是痛苦，
却从来没有把它叫作欢畅。

白天它像燕子在我们面前飞翔，
微笑如同花朵挂在嘴边，
夜间它用冰冷的手扼住我们的咽喉，
使分居两地的我们同时感到死亡。

听不进任何甜言蜜语，
把过去的一切罪孽忘记，
那可恶的诗呀，絮絮叨叨
总在失眠者的枕旁喃喃不已。

《仙人球》 丘尔金 （麻胶版套色）

代后记
1965

在那编造梦的地方，
没有不同的梦让你我分享，
我们做了同一个梦，
它像春天的来临，给人以力量。

弗谢·克，系弗谢沃洛德·克尼亚杰夫(1891—1913)，诗人，骠骑兵军士，在里加自杀身亡。叙事诗第一部第四章中龙骑兵少尉指的就是他。

▼安提诺，古希腊罗马的美男子。

◆原文是法文：送葬曲。

献词一

——献给弗谢·克

1940

我的稿纸不够用了，
因此便在你的草稿上书写。
纸上冒出别人的话，
如同当年落在手上的雪，
它没有怨言，轻信地融化。
安提诺突然挑起▼
黝黑黝黑的睫毛——
那是一片绿色的炊烟
和家乡的清风习习……
莫非是海洋？
不，那仅仅是坟头上的一些松枝，
还有一层层泡沫泛起
越漂越近……

Marche Funebre◆
肖邦

献词一

——献给弗谢·克

1940

我的稿纸不够用了，
因此便在你的草稿上书写。
纸上冒出别人的话，
如同当年落在手上的雪，
它没有怨言，轻信地融化。
安提诺突然挑起▼
黝黑黝黑的睫毛——
那是一片绿色的炊烟
和家乡的清风习习……
莫非是海洋？
不，那仅仅是坟头上的一些松枝，
还有一层层泡沫泛起
越漂越近……

Marche Funebre◆
肖邦

《龙瓶里的凤尾花》 瓦涅耶夫 （麻胶版套色）

《罂粟和雏菊》 特罗申娜 （麻胶版套色）

“奥·苏”即奥丽嘉·格列博娃—苏杰伊金娜(1885—1945)，俄国话剧、歌唱、舞蹈演员，画家苏杰伊金的妻子，阿赫玛托娃的好友。

▼糊涂婆娘普希莎，尤·别里亚耶夫的剧本《糊涂婆娘普希莎》中的主人公。苏杰伊金娜曾在剧中扮演过这个角色。

◆忘川，古希腊神话中冥土的一条河，又名“勒忒河”。死者的灵魂喝了这条河水就会忘记自己的尘世生活。

献词二

——献给奥·苏

1945

是你吗，糊涂婆娘普希莎，▼
摇着黑白羽毛扇，
俯在我身前，
你想偷偷地告诉我，
你已经度过了忘川，◆
如今享受着另外一种春天。
我自己听得见，用不着你指点：
温暖的大雨倾注在屋顶上，
常春藤中细雨缠绵。
有一根嫩弱的小枝想生长，
长出青叶儿，开了绒花，
明天想穿上，
新披风，炫耀一番。
我在沉睡——
只有她一人与我相处。
人们称她为新春，
可是我把她叫作孤独。
我在沉睡——
梦见了我们的青年时代，
命运不曾使它受苦；
如果你愿意，
我真心的把他赠给你作为纪念物，
如同泥盆中纯洁的火焰，
如同墓穴里的雪莲一株。

献词二

——献给奥·苏

1945

是你吗，糊涂婆娘普希莎，▼
摇着黑白羽毛扇，
俯在我身前，
你想偷偷地告诉我，
你已经度过了忘川，◆
如今享受着另外一种春天。
我自己听得见，用不着你指点：
温暖的大雨倾注在屋顶上，
常春藤中细雨缠绵。
有一根嫩弱的小枝想生长，
长出青叶儿，开了绒花，
明天想穿上，
新披风，炫耀一番。
我在沉睡——
只有她一人与我相处。
人们称她为新春，
可是我把她叫作孤独。
我在沉睡——
梦见了我们的青年时代，
命运不曾使它受苦；
如果你愿意，
我真心的把他赠给你作为纪念物，
如同泥盆中纯洁的火焰，
如同墓穴里的雪莲一株。

《罂粟和雏菊》 特罗申娜 （麻胶版套色）

图书在版编目（CIP）数据

不，这不是我：阿赫玛托娃诗选：版画插图版 / (俄罗斯) 安娜·阿赫玛托娃著；高莽译. -- 武汉：崇文书局，2019.5（2021.1重印）

（“旧的诗，老的画”丛书. 俄罗斯卷）

ISBN 978-7-5403-5124-3

Ⅰ. ①不… Ⅱ. ①安… ②高…

Ⅲ. ①诗集－俄罗斯－现代 Ⅳ. ①I512.25

中国版本图书馆CIP数据核字(2018)第176986号

不，这不是我

责任编辑 刘 丹
装帧设计 张 茜
出版发行 崇文书局
业务电话 027-87293001
印　　刷 武汉新鸿业印务有限公司
经　　销 新华书店湖北发行所经销
版　　次 2019年5月第1版
印　　次 2021年1月第1版第2次印刷
开　　本 787*1092 1/16
字　　数 150千字
印　　张 10
定　　价 65.00元